希望よあなたに

塔 和子詩選集

ノア詩文庫

1999年３月（撮影・太田順一）

大島風景

大島風景

塔和子文学碑「胸の泉に」（上）と故郷・愛媛県西予市明浜町田之浜（下）

『希望よあなたに』　塔和子詩選集　目次

装幀　森本良成
カバー装画　岡芙三子
写真　脇林　清

大島の自然

生きている

瘤

樹木の瘤をさするとき
深い深い重さがある
遠い遠いかなしみが伝わって来る
きびしい風雲に耐え
謙虚に
勝利を口ずさみ
内部の傷をいやし続けた瘤
瘤は
傷痕
だが

美しい
ほかのどの木より
瘤の多いお前の外観はひときわ目立つ
傷つけられても傷つけられても
癒し続けたお前の
無限に優しい存在のわびしさは
私を魅惑する
ああ
その背伸びしない
安定の美しさに
私のすべてをあずけて眠りたい

証

深い目で
今日生きていたのかと問われると
どうも生きてはいなかったようなのです
では
死んでいたのかと問われると
どうも死んでもいなかったようなのです
足跡を探しに出かけたけど
どこにもなかった
ふと暗い庭を見ると
洗濯物がひらひらしていて

やっと今日のアリバイを思い出した
私はたしかに
洗濯をして干したのでした
それはこの洗濯物がわずかに証明してくれます
信頼する私の神様
どうか
生きていたのだという証明書を
一枚だけ私に下さい
それがないと
私はこの過剰な時代に
うすいうすい
存在のかげさえ
残すことができないのです

真夏の昼

生きている本当だろうか
生かされている本当だろうか
立っている本当だろうか
立たされている本当だろうか
作って食べる本当だろうか
与えられて食べる本当だろうか
土があった水があった
空があった
光があった熱があった
あったというのははたして本当だろうか

光と闇を分けられ
天と海とを分けられ
海と陸とを分けられ
すべての植物をはえさせ
すべての生き物を満ちさせ神が創造した
創造したというのは本当だろうか
在るのか
在らされているのか
小さな私
手のひらに太陽が溜り
髪にまつわる風
ああ真夏の昼
嘘のような真の間の
真のような嘘の間の裂け目
樹々が繁り

海が光り
遠い対岸の街が見える

自然のいとなみ

あんずの実がなっている
若葉がそよいでいる
幹の幹
根の根をたどって見たとしても
いったいどんな力どんな知恵で
あんずの木があんずで在りつづけ
なんの変異もおこさず
花咲き実をならせ葉をそよがせ
また
その葉を落とし裸木になり

同じことを年々くり返させているのか
知ることは出来ない
人も魚も
力や知恵の参与しないところで
子を産み
人は人になり
魚は魚になってゆく
道端の
いぬふぐりの花さえ
こう咲くように咲かされて咲いている
私はいまこのとき
こもごもの生命と共に
私であるより外にない私で在らされて立ち
見渡せば
ものみな

己れであらされている
己れを
誇らしげにかざしている

雲

意志もなく生まれた
ひとひらの形
形である間
形であらねばならない痛み

風にあおられて
流れる意志もなく流れ
出会った雲と手をつなぎ
意志ではなく
へだてられてゆく距離

叫ぼうと
わめこうと
広い宇宙からは
かえってくる声もない

そして
消える意志もなく
一方的に消される
　さびしさを
　　ただようもの

在る

出会いがないとき
鳥は孵らず魚は孵化せず
果実はならず獣は生まれず
人は誕生せず
すべての生物はいっときの現象で
はじめの無へなだれる
　父と母が出会わなければ
無かった私
長い髪毛をなびかせ
優しい手足をのばし
五月の鯉のようにぴちぴちと歩く

鳥も獣も
その父母の
その父母の
始祖なる出会いを重ねて在るいのち
　くらい羞恥と誇りをもって

無限の一角に
厳然と位置するもの
いちぶのあやうさも
ゆらめきもない
この
在るというすべての現象は
無の深淵から
静かに見つめられている

無

手のひらをひらくとなんにもない
無いことは無限に所有する可能性をもつことだ
幸も
不幸もこの手がつかむ
いつも
無にしていよう
無にしている手の中へは宇宙の翼
もっとも大きな喜びが乗る
私は無から生まれた
だから無はふるさと

いつもはじまるところ
朝の光よ瞬間瞬間の生の切り口よ天に吊るした希いよ
私が
手のひらをいつまでも無にしているのは
あなた達のため
ああそして
私の手のひらは生きるよろこびでひとときふるえ
すべてを無にして
また差し出すのだ

大島青松園

エバの裔《すえ》

エバの裔

泉の目
苺の唇
杏の頬
風に吹かれる五月の草のやわらかい髪
雌鹿の足
鬼百合の雌蕊の細い指
新鮮な野性のにおいに包まれた女の
持ってきたものは
一匹の蛇
ひとりの天使
女は

いつも愛らしく清らかで
誇りにみちていたが
蛇の暗示から抜け出すことができず
疑惑や悔恨や欲望の間をさまよいつづけた
女は昼と夜とを共に抱き
知性と本能に身をほてらして
不可解な魅力に輝く
咲き乱れた矛盾の花園
女
その優しいもの
強いもの
罪深さの故に魅力あるもの
私は
この美しいひとりの女を住まわせている
住居

貪婪な鬼

食べに行く
光を風を人の匂いを
一度だって
ただ遊び
ただ無邪気だったことはない
いつも
がつがつと食べた
食べても食べても
まだ食べたかった
私は

ひとりの大食漢をもてあまし
くたくたになるほど足を運んだ
けれども
どこに行っても飽食を感じなかった
光は手にあまり
風は髪毛になびき
人は握手を交して行ったのに
なお
荒野にわけ入る人のように歩きつづけた
いつも
内側に
貪婪な鬼が
一匹すわっていて

苦悩

私の中で
おまえによらないで産まれるものはない
おまえの土地
おまえの海の中から
私の花は咲く
私の明るさは満ちる
おまえを深くもつことによってのみ私であり
周囲の色彩が華やかだ
苦悩よ
私の跳躍台よ

おまえが確かな土地であるほど
私は飛ぶ
深い海であるほど
私は浮き上がろうとする
そしておまえは
私がどこまで跳ねても
もどってくる中心
おお
なれ親しんだ顔
いつの場合もそんなことをして楽しいかと
私の中をのぞく
奥の奥なる声よ
私を救うものはただひとつ
おまえであるような
それでいて

おまえは決して私を安らわせてはくれない
私の
黒い土地
黒い海

大島遠景

人の林で

花に蜜がなければ蜂も寄ってこない
海に魚がいなければ釣糸をたれはしない
地下に水がなければ掘りはしない
　花も海も地面も
　あるがままにあって
　ゆったりとしている
関心がないものは見つめることさえしないが
その魅力を知る者は
どこからともなく寄って来て
貪婪に摂取する

ああ人の林で
意識することなく
蜜をもつ花になりたい
豊かに魚を住わせている海になりたい
質のいい地下水を
たっぷりふくんでいる地面になりたい
作意もなく誇張もなく
見せかけもなく
花が花であることにおいて
海が海であることにおいて
地面が地面であることにおいて
おのずからもつ
魅力を
身のうちにもちたいのだ

甲羅

生きていることを忘れるほどの静寂に出会いたい
私は静かになると
さまざまな雑念にとらえられ
　心の中はしゃべっているときより
　そうぞうしくなる
　赤ん坊のように無心になって
　なんにも思わずにいてみたい
しかし
あまりにたくさんのことを重ねすぎている私は重い
この重い甲羅を背負って

私のしなければならないこととは何だろう
それは多分失ってしまった
あの静寂を大いなるものの力をかりて
私に私がもどしてやることだ
そして
亀のように静かになって
重くなってしまった愛《い》とけない
六十六年の甲羅を
あきるほど
さすってやりたいと思うのだ

弦楽器

私の中には絹糸のように細い細い糸があって
ちょっとした他人のしぐさにも
善意を感じたり
悪意を感じたり
また
自分のしたことが他人に喜ばれたか
傷つけてしまったのではないかと気づかい
休むひまがない
　さわればぐしゃりとこわれるような

このもろいもの
他人のなかでもまれながら
よくも生きてこられたものだと
振り返って考える
私
細いほそい
感情の糸が張られている
弦楽器で
見つめられていると思うだけでも
鳴りはじめるもの

大島・モニュメント「風の舞」

いのちの音

母

母よ
生い繁る一本の果樹よ
その繁りの中に宿り
あなたの幹より与えられて
甘く熟した果樹の裔です
　目をつむると
　私の底の底に
　花ひらく郷愁の宮があり
　あなたの中に私の心がかえって行きます
母よ

私とあなたの
なれ合いの秘密な部屋の神秘を
私が破ったあの日から
あなたと私は
無限の空間にとりかこまれ
互いの皮膚の外側で
互いの距離を見つめながら
埋めようのない
個と個の
きびしい離別をもてあました
長い忍耐の時間でしたね
でも
もうこうしてあなたは
私の手の中に置かれた
一本の軽い骨

母よ
静かに眠る
老いたる朽木よ
人類の元の元なる
肖像よ
あなたは土の下にかくれ
私の中に生き残る
ひとつの核です

領土

生と同時に
死を産みおとしたことに気付かないで
からになった母体は
満足げに離別を見る
けれども死は
生よりも早く手を受けて
いつか支払わねばならない
死の手形である生命を受けとるのだ
母
ほのぬくいふるさと

混沌の中で
私という実体を
林立する生の向こうの死の中へわけ入らせたもの
生きてあることの
ほのぬくい息とやわらかい肉体と
握り合う手にあつい感動を見ても
物体のかたさを見抜けないでいた
あの優しいもの
でも差し出された手は
肉と骨と少量の血と
切りおとしたら
ゴムの手と同じ重さでぼろりと落ちる物体
死の参与からはずされている生命はどこにもない
秋のするどい陽の中で
私を受け取った死の手と

踏みごたえのある大地と
荘厳に蘇るあの一瞬
産褥で交された
生と死の調印が
鮮やかに占める
領土は私

音

私には聞こえるのです
私の奥深くあって
静かに流れている
　いのちの音が

私がまだ始まらぬまえから
　始まっていたいのちの音
座っていると
その音は

永遠の宇宙から
愛《かな》しく哀《かな》しく
私の皮膚に包まれて
こだましせまってくるのです

そして
私は
かまきりのような
さびしい目をして
じいっと
それをきいているのです

力

木よ
陽春のおまえの
のっぴきならない芽吹きと共に
　私にも
　いまだ芽吹くものがある
私の裡深くにあって
私の生をみちびく力だ
私はその力にみちびかれて芽吹く
そして
咲くまえのふるえるような力のままある

私のいちばん好きな季節だ
私はこの季節を両手でかこって
じいっと自分の中にたくわえる
そうしていてさえ
その内側の不思議な力は
　私の腕をはねのけはねのけ
　咲こうとするのだ
　けれどもそれはたぶん幻
咲かなければない結実のために
私の花は
どこからともなく
ゆるく
美しく
ひらくのだ

青い炎のように

あの声は
去年の虫の子供だよ
そして
ずっとずっと太古からつづいているものの流れだよ
私達がいまこうしているのと同じに
幼虫
蛹
そして

あんな美しい声の主になる
いま虫は
虫である証しに鳴いて産んで
ただひたすらに虫であろうとするだけ
何代も何代も虫であった
何代も何代も虫である虫が
何も言わずにすごした時間をになって
いま青い炎のように鳴いている

触手

あの夜もしあなたが一錠の避妊薬を飲んでいたら
私は産まれなかった
この明るみにいるものは
あなたの受胎ののっぴきならない結果
母よ
あなたの夜の満干《まんかん》は
私の生のよろこび私の生の不安
受胎の前の混沌につるされて
ゆれる不安とよろこびは
巻付く高さをさがす朝顔のふるえる触手そっくり

あの夜もし
あなたの夫が不在だったら
私は産まれなかった
父の精液の中を浮遊して流れたであろう私が
いまここにいる
肉体として形になったばかりに
あなたを母と呼び父を父と呼ぶ
いじらしい関係ははじまって
皿に盛られた赤いトマトを美味しいと思い
服を着るとき似合うか似合わないかなど
気をもみ
ペンを持って考えにふける私
このすべてのありなれた日常が私で
手足や顔をさすってまぎれもない存在の実体に
改めて会う

そしていまは
遠いふるさと土にかえったあなた達に
まきつくすべのない片方の触手を伸ばすのです

大島風景

大地

大地の上を歩くと
草の花さえいのちの美しさを見せてくれる
遠くには桃の花が咲いていて
私は思わず
歓声を上げた
大地は生きている
　だから
種をまくと芽生えさせたり
挿し木をすると根付かせたりする
また

頬をつけると
暖かくて
力強いいのちがつたわってくる
それがなければ生も死もない
大地がある故に
五穀豊穣に存在するのだ

大地
このなに気なげなもの
しかしそれはすべての生をにぎっている
そして私は今日生きている喜びに
ひたひたとつかりながら
大地の上を歩いている

大島の松

一匹の猫

木

むしばまれた葉があったので
この木はいかれたのだと信じられてしまった
それで
その木は
ごみや汚水をかけられて
いつも傷口から樹液をしたたらせていた

木は
されるままになっていたから
弱いと信じられた木について

風景はいつでも冷たく
残酷になることができた

木は
追いつめられたので
空間をひろげることしかできなかった
でも
季節はうすいまくをはがすように
やがて
繁る季節から凋落の季節へと移って行った
蓑虫が
臆病そうな目を
出したりひっこめたりしはじめた頃
木は
それらむしばまれた葉の

虫の家をぶらさげて
ゆうぜんと立っていた
それは
木の愛であった
木の復讐であった
木の武器であった
木は
ただ木であることによって美しかった
むしばまれていなかった木について
人々はもうふりかえらなかった
何事もなかったように
静かな風景の中に
一本の樹が
そびえていた

一匹の猫

私の中には
一匹の猫がいる
怠惰で高貴で冷ややかで
自分の思うようにしか動かない
その気品にみちた華奢な手足を伸ばして
悠然とねそべっている
猫はいつも
しみったれて実生活的な私を
じっと見下しているのだ
歩くときも

話をするときも
猫は決して低くなろうとしない
そのしなやかな体で
ちょっと上品なしなを作ると
首を高く上げたまま立ち去るのだ

私は
もっと汚なく
もっと低く
もっと気楽に生きようとするが
私の中の猫は
汚れることをきらい
へつらうことをきらい
馴れ合うことを拒絶し
いつも

気位い高く
美しい毛並をすんなりと光らせて
世にも高貴にねそべっている

囲いの中で

私という女は動物園
象やキリンや鹿
あらゆる動物を住まわせていて
　象は空しさのよってくる巨体に
長い鼻を上げて
ほおっと吐息をつき
鹿は囲いの中で走れないことをなげき
キリンは首を長くして
　しあんしているのだ
どれも私の姿で

今日ひと日
私は自分のことを知ってくれる
動物たちと共に在って
なだめられているのである
でもそんなことばかりではなく
蛇のような爬虫類もいて
こんなにもあなたを愛している
あの情熱の国から来た
私と出会っても
楽しくはないですかと
その気味悪い体を
すり寄せてくるのだ

嘔吐

台所では
はらわたを出された魚が跳るのを笑ったという
食卓では
まだ動くその肉を笑ったという
ナチの収容所では
足を切った人間が
切られた人間を笑ったという
切った足に竹を突き刺し歩かせて
ころんだら笑ったという
ある療養所では

義眼を入れ
かつらをかむり
義足をはいて
やっと人の形にもどる
欠落の悲哀を笑ったという
笑われた悲哀を
世間はまた笑ったという
笑うことに
苦痛も感ぜず
嘔吐ももよおさず
焚火をしながら
ごく
自然に笑ったという

病

緑をゆらせている山を背景に
太陽にとけている家が
黒い口をあけている

そこから出てくる人がある
中年の男と女に
もつれるように歩いてくる小さな子供や
大きな子供
この家の中に
日毎くりひろげられる生活の絵が

そのまま出て来たように
家族は日差しの中をゆく
男はだまって向こうを見ながら
女は男の横顔を見つめながら
子供達は
歩くのに一生懸命になりながら

あるとき
その家族は
三叉路を右へ曲がったが
その家族の中で
ひとりだけ
左へまがらなければならない子供があった
その子供は
左へ左へ

まがっている道を
どんどん歩いて
家族と
遠く遠くはなれてしまった
母の涙
父の悲痛な顔を
まぶたの中に
見つづけながら

蟬

あそこは暗かった
あそこで食べたのは
木の根の汁だけ
あそこは長かった
もう明るみに出る日はないかと思った
なんと明るいのだここは
思い切り声を出して暮らせる日が来ると
あの長い年月
考えられもしなかった
大勢の仲間と

好きなだけ声が出せる
声が出せることがこんなにすばらしいことだとは
知らなかった
あそこでは
言いたいことがあっても
じいっとがまんしていた
声を出しても
回りからふさがれたものだ
ああ
太陽をいっぱい受けて
愛し合って
産んで
祈って
ここは緑と光の楽園
あの暗かった季節に

こんなすばらしい日が訪れるなんて
いかなる摂理によるものだろう
三日の命だってかまやしない
いまは
生きている感動にふるえる目を
かっと見ひらいていよう

鯛

それは
生き作りの鯛
ぴいんと
いせいよく尾鰭を上げて
祝いのテーブルの上で
悠然と在りながら
その身は
　　切られ
　　　　切られて
ぴくぴくと痛んでいる
人々は笑いさざめきながら

美しい手で
ひと切れ　ひと切れ
それを口へはこんでいる
やがて
宴が終わるころ
すっかり身をそがれた鯛は
　すべての痛みから
　　解放されて
ぎらりと光る目玉と
清々しい白い骨だけになり
　人々の関心の外で
ほんとうに鯛であることの孤独を
　生きはじめる

旅

この世の光に迎えられて
長い旅は始まった
母のひざから二歩三歩
生きる旅に立ち会った私の足
子供の頃は隣の町へ
少し大きくなってからは
ハンセン病の診察のために
父に連れられ
福岡　東京　大阪と
各大学病院へ、それから

数知れぬ小さな病院へ転々と
受診の旅を重ね
つづまりは島の療養所におちついたが
そこは入ったら出られないところだった
思えばそこで五十年
黙々と日々を重ねて今日にいたった
そして
この度「らい予防法」という囲いの壁は
とりはらわれ
天下晴れて自由の身となったこの喜びをだいて
どこへ旅をしようか
ここだあそこだ地の果てだ
思いは湧くがついて行けない体になった
けれどもまだ
果たし得なかった楽しい旅の幻影を

実現したいと
こんなにも希っている

大島の夕焼け

生《なま》さを

この寮園に住む人はみんな
健康な社会から間引かれた人達で
ふるさとでは死んだことになっている人さえいる
しかし私はおだやかに平易に暮らしてた日
これでいいのでしょうかと
何物かに対してつぶやく
遊んでいてもどこからも文句を言われない
このさびしさ

間引かれた身であれば
静かに枯れるのが望ましい
けれども
いまはまだ
悲しいと言っては涙し
嬉しいと言っては笑いころげる
この生《なま》さを
静めてくれるものはなにものもない

大島風景

かかわらなければ

孤独なる

今日は出会わなかったか
そんなことはない
書物の中の人と出会い
物語の中の人と出会った

今日はなにもなかったか
そんなことはない
顔を洗ってお化粧をした
それから鏡の中ですこし微笑み
何ももたない自分を

あわれんでやった
閉じこもった今日さえも
やっぱりなにかと出会い
なにかを考える
ぼんやりしているときにも
ぼんやりとなにかを思っているように

生きることはやっかいなことだ
少しの休息もなく
心が体をひきずっている
でも
そこは
出会うよろこびによってささえられている
小さな私の城だ

胸の泉に

かかわらなければ
　この愛しさを知るすべはなかった
　この親しさは湧かなかった
　この大らかな依存の安らいは得られなかった
　この甘い思いや
　さびしい思いも知らなかった
人はかかわることからさまざまな思いを知る
　子は親とかかわり
　親は子とかかわることによって
　恋も友情も

かかわることから始まって
かかわったが故に起こる
幸や不幸を
積み重ねて大きくなり
くり返すことで磨かれ
そして人は
人の間で思いを削り思いをふくらませ
生を綴る
ああ
何億の人がいようとも
かかわらなければ路傍の人
　私の胸の泉に
枯れ葉いちまいも
落としてはくれない

人の匂い

行きたいところへ行くことでもない
遊びほうだい遊ぶことでもない
好きな宝石やブラウスを
手に入れることでもない
私の欲しいのは
　ちょっとしたこころづかい
ちょっとした親切
ちょっとした思いやり
私はそこへ
野生の馬のようにつっ走る

人
それは
あたたかい希望だ
なつかしい匂いだ
私は人の匂いをかぎにゆく
そしてほんのりあたたかくなって
ほんのり優しくなって
どんなことでもできそうな勇気がわいてくる
　人は
　幸せを湧き上がらせる泉だ
　喜びをつむいでくれる糸だ
　それから
　ちょっぴり意地悪い
　かなしみだ

釣り糸

電光のように魚が食いつく
このときこそ糸の私はぴいんと張り
ひたすら魚の意のおもむくところを追究する
広い海の中で出会ったたった一匹の魚と
釣り糸の偶発的な出会い
どんなに多くの魚がいようとも
糸の先につながる魚と
魚につながる糸とただ一点にしぼられ

いま在ることを互いに知らしめられる
魚が深く入れば糸も深く入り
逃げようとすれば
するすると老獪に糸ものび
もはや逃れることも逃すことも出来ない
関係になってしまったひとつの課題
やがて互いに疲れきり追い切って
海の面にひき上げられ
糸と魚の共存ははずされる

大島の自然

めざめた薔薇

花

あなたのまなざしを
太陽のぬくみのように受けとめて
あなたの言葉を水のように吸い上げて
あなたの
胸の広さを
ああ
それは青空でした
私はそこで
くっきりと
こころよい目覚めのように

あざやかにくまどられた
ピンクの花でした

あなたは

私が花であることのできる
たったひとつの広い場所
　私は
今日
あなたの空の中で
　意地や張りをやさしくほぐして
誰にも見せない
花の部分を
　そおっとひらいて立っていました

白桃

熟れた白桃の
　ほのかな匂い
クリーム色の
　傷つくような美しさ
夜明けのような
　新鮮さを
そおっとあなたの方へさしむける
いつでも食べて下さいというような
この

無防備さ
　あなたへと
　こんなにもうれてしまった心
　静かに
　腐敗するだけの
　　残された時間のやるかたなさ
それでも
どうしてやるすべもない自分を
見つめたまま
　私は
　いま
　　身動きできない

しずく

たぎる思いを
ほんのちょっぴり
言葉という
紅色のしずくにして
こぼしたあなた

そうです

私は
綿のように
やわらかくなって
そのしずくに
　しっとりと
　　しっとりと
　　　ぬれてゆきます

羽

なぜ私は
あの虫のように自然に
ここにいます
さびしいんです来てください
あなたが欲しいんです来てくださいと
言えないのだろう
　虫が鳴いている
せつなくせつなく

雄が雌に呼びかけている

神様は私の中に
羞恥や自尊心に
へんに重たいものを置き
虫には
うすいうすい
羽をつけてやりました

この両極の

知らないでいたら
ひもじくなかった
あなたを知った故に
もっと知りたくてひもじいのです
知らないでいたら
あふれるものがなかった
あなたを知ったゆえに
その愛の深さに湧きあふれるのです

愛はひもじいもの
愛はあふれるもの
誰がこの両極の
あやうい天秤をささえきれるか
私はこんなにも大きいものにとらえられて
幸福であり
同時に少し不安であり
もはや
休息がなくなってしまった

めざめた薔薇

あなたの言葉で
白い花びらを楚々とひらいて
あどけなく目覚めた薔薇がある

セルリアンブルーの空から
光がほどけて飛び散る朝のことだ

渚の砂に山鳩がたわむれ

木に風があそび
ああ
風景さえ今日は
その薔薇を支えて新鮮

私は軽快なリズムにのって歩くように
心が白い薔薇でゆれるのを見ながら
ひと日すごした

五月

咲いたばかりのバラが
光をいっ身に集めている
近寄れば
あまい匂いをけむりのようにこぼして
細いくきの上にゆらりと咲き
自分の重さや美しさをもてあましている
棘と葉と

ながいながい苛酷な労役の果てに
ほんのひととき
こうごうしく現れるもの
ただ
このひとときの光明のために
バラの木はあって
いま
五月の太陽に輝いている

大島の日没

かずならぬ日に

朝

山鳩の声
人の声
蟬の声
いま眠りの中から出てきたばかりの
柔らかい私にしみこむ音
ベッドは軽々と私を置き
私の中を駆けめぐる血は新鮮
殻を脱いだ蟬の羽をのばすやさしいしぐさに似て
頰にかかった髪毛をはらうこころよさ

ああ
誰がくれたのだ
こんなにもすばらしいひとときを
太陽は次第に明るみ
よろこばしい思いが内側から満ちてくる
私は待たれている大地に
そして私に呼びかけるのは太陽
私は
今日のメニューを手にして
光の中へ起き上がる

かずならぬ日に

杏子の蕾が少しふくらんで
桃の芽が少し赤くなって
チュウリップの葉が少しのびて
マーガレットの花が咲いて
真白い洗濯物が干されていて
その
まぶしい陽差しは
あなたの肩と私の膝に
幼児が投げた白い毬のように弾んで
思い出と

希望の谷間の深い無を
樹々と私達が飾るひと日
こんなにもふくよかに在って
どんな風に記憶するてだてもない
どの日よりも和やかに在らしめられた日
ごく在りふれた花のようでいて
香り高くあふれるものを
満たしていたひと日

杏子の蕾がすこしふくらんで
そう
この
かずならぬひと日と
このように対《む》き合うまで
私達は

いくつの日と
いくつの月と
いくつの年がいったことだろう
そして
最も豊かな日は
忘れ去られるために光ります

大島の自然

帽子のある風景

白い椅子の上に
帽子が置かれている
つば広く上品で
愛らしいデザインが
若い女を思わせる
　まわりには
夏草が茂り
太陽が苛烈に照って
木々の葉を光らせている

蟬は
いまをかぎりと鳴きしきり
池の水に映る雲
トンボが
すいっと視野をよこぎった
葡萄の房にしたたりそうに熟れている夏
桃の実の果汁に
すけそうに熟れている夏
　どこか時間のはしのひとこまのように
夏帽子が置かれている

晩秋

あなたは
私のために何をしてくれたか
心のうつろを埋めてもくれなかった
心の寒さもひきむしってはくれなかった
　けれども居ることによって
安らいをもたらせてくれた
大地の上に共に居るという
　安心感をも与えてくれた
私はあなたのために何をしたか
あなたの心のひもじさを

とりすてて上げ得たか
あなたの痛みを痛むことができたか
あなたの哀しさを哀しみ得たか
　夫よ
　一対であることにおいて
底を流れるかなしさは
あなたもひとりで哀しむだけでよかったのが
私と一緒であることにおいて二倍
私もあなたと一緒であることにおいて二倍

晩秋の小川のようにうすら寒く
　遠いところからやってくる
　存在のさみしさそのものを
　見つめている私達

涙

あるとき
死のうと思った私が夫に
　「一生懸命なのよ」と言うと
夫は
「同じ一生懸命になるのなら
生きることに一生懸命になってくれ
がむしゃらに生きようではないか」と
　言ってくれた
私は目が覚めたように
そうだと思った

どんなに懸命に生きたとしても
永遠に続いている時間の中の
一瞬を
闇から浮き上がって
姿あらしめられているだけだ
　いのち
　この愛《いと》けないもの
思いっきりわが身を抱きしめると
きゅっと
涙が
にじみ出た

平和

私は
尖ったひとつの
かけらだから
　もうひとつの
　かけらを探した
　それはあなただ
以来
共に
　楽しみ
怒り

悩み苦しみ
ひとつになった
ふたつのかけらは
たびたびこわれたが
また
じんわりと
ひとつになって
まるく
平和に
暮らしている

ふるさと

私はふる里を思うとき
いつも夢心地になる
そこには祖父がいた祖母もいた
母や父や兄弟
当然のように近所のおじいさんも
いろりを囲んでいた
山犬やいのししに出会った話
どこそこの娘はいい
ああいう娘を嫁さんにした男は幸せものだ

などととりとめのない話を
あきることもなく夜おそくまでしていた
あれから五十年
　私の知っているものは何も残ってはいないだろう
けれどもふるさとを思うとき
子守唄をきいているようなやさしいこころになる
それから今日も
夢のふるさとに
こころをゆるめて
ながくのびている

食べる

子供の頃は待ってくれた
かまどのそばで
針箱のそばで
いろりのそばで
父や母や兄弟が

するめを噛むと
ちょっとしょっぱく　ちょっと甘く
その家の匂いがする
そこは

海辺の村だ
いまは誰も待っていてはくれない
父死に母死に
兄弟は巣立って行った
からっぽの家では
終日うす暗い闇が立ちこめ
物音もしないだろう

私はなおも嚙む
海辺の村とちょっぴり甘い記憶の残るあの家を
するめはぴちょぴちょ口の中で
音立てながらすこしずつちぎれる
私の記憶もちぎれてはひとつ鮮明に浮き上がり消え
また
別の場面が浮き上がり

ひっそりとした秋の部屋で
ひとり
ぱりっとするめを裂き口に入れる
かくれて餌を食べる猫のように
こっそり
私はこころよい記憶を食べている

大いなるもの

柱

しらじらと続いている
この道の傍《かた》えに
一本の柱が現れたら
私は
柱が砕ける程抱きついてやろう
そして
頬ずりし
耳をくっつけて
柱のささやきを聞こう
その

地より天に直立する
立体の頼もしさに涎《よだれ》を流そう
その
動かない姿勢に対《む》かって
全身をぶっつけ
柱の愛撫を受けよう
ああその
唯ひとつ人間に残された支柱よ
依存の優しさよ
人間を待伏せしろ

師

私は砂漠にいたから
　一滴の水の尊さがわかる
海の中を漂流していたから
　つかんだ一片の木ぎれの重さがわかる
闇の中をさまよったから
　かすかな灯の見えたときの喜びがわかる

苛酷な師は
私をわかるものにするために
一刻も手をゆるめず

極限に立ってひとつを学ぶと
息つくひまもなく
また
新たなこころみへ投げ込んだ
いまも師は
大きな目をむき
まだまだおまえにわからせることは
行きつくところのない道のように
あるのだと
愛弟子である私から手をはなさない
そして
不思議な嫌悪と
親密さを感じるその顔を
近々とよせてくるのだ

古木

あなたがそこに在るだけで
なによりも力づよい
りいんとした存在の内側から発する声をききながら
大きな安逸を与えられ
深い
深い思いにたたされる
ただそこに在るだけであなたのゆるぎない生の強さは
勇気をもたらせてくれ
希望をもたらせてくれ

あなたによりかかると遠いとおい根源《こんげん》へのなつかしさを
わたしの中にしみとおらせてくれる
その大きさ
私はいまゆったりとした広がりの中に
心をひらき
大海にいだかれているくらげのようにやわらかくいる
あなたよ
あなたはただひたすらに
あなたを生きることによって
こんなにも偉大です

さしまねく

遠いとおいはるか彼方に
光るものがある
高い高いはるかな天に花がある
私は歩いている
息せき切って
光るものへ手をのばしながら
私はよじ登っている息を切らして
天の花へとつま立ちしながら
けれども

光をつかんだと思うと
そこは光らなくなり
花へとどいたと思うと
その花は平凡な花になる
そして
顔を上げると
やっぱり
私の光は遠く
花ははるか高みに在って
私をさしまねくのだ

一条の光を

私の足跡は大地が受けとめてくれる
水分によって保たれている肉体は
人の情けによって泣いたり笑ったりし
私の涙は風や陽がぬぐってくれる
生きることは
蹴散らされるように激しかったり
小川の流れのように静かだったりするが

いっときの休みもない
大いなるものよ
私はどのように生きても
ただただあなたという
一条の光を見つめて止むことがない
砂漠の中で一点の光を
見つめて
あるいている人のようだ

大島風景・虹

希望よあなたに

泉

汲んでもつきないものがある
それを何と呼ぼう
深い森に
木の葉にうもれ
しんしんと湧き出る
あの澄んだ液体
あなたは
一度知ったら忘れられない
すがすがしい冷たさ
それ故に

私に汲みとることのよろこびを教えた
それを何と呼ぼう
たとえば愛
たとえば哀しみ
たとえば英知
あまりにひっそりと
目立たないところで
私のかわきをいやしている
何と呼ぼう
なんと呼ぼう

蕾

最も深い思いをひめて
最も高貴な美しさをひめて
最も明るい希望をひめて
　蕾はふくらんでいる
明日へ
明日へ

静かにふくらみは大きくなる
こらえ切れぬ言葉を
胸いっぱいにしている少女のように

つつましいべに色を
澄んだ空間にかざし
ボタンの蕾がふくらんでいる

希望よあなたに

見栄　ていさい　卑屈　ひがみ　うらみ
そんな肌寒くなるようないやなものは
ぎらぎらした脂肪で面の皮があつくなった
あざらしに食わせろ
かんしゃく　ヒステリー　依頼心
この努力や思考の根の切れた無意味なものは
木の上で身動きもしないグロテスクな
なまけものに食わせろ
邪心　疑心　ひねくれ根性
この性悪な

悪夢と幻想のばけものは
とろりとした目で獲物を追うばくに食わせろ
そして
広くなった世界で
てつの意志をもって
笑いを愛を夢を
優しいものを清らかなものを
わき目もふらず食べて食べて食べて
優雅に肥え
深い深い思いをもって
希望よ
あなたに近づきたい

餌

私よ
おまえは今日なにをしたか
辞典の中の言葉をむさぼった
本を読んで
深いふかい言葉に出会った
目の見えない夫に常備薬をのませ
三度の食事の介助をした
だからこの一日の終わり
ぐっと地面に立って夕焼けを見ていると
なにかをしたという満足感に

心はほぐれて
うす紅色の夕焼けにほんわりと包まれた
昨日から差し出された今日はまた
手を受けている明日へ
　明日へと暮れて
　闇の彼方へ
そして私は
今日から
明日という餌に
食いつこうとしている
一尾の魚

希望の火を

かつての私はかえるだった
静かに繁茂する草木や
水の中にいこいながら
自由自在に
歌ったり
泣いたりした
いまはうなぎ
苦悩の果てに黒くなった体で
穴の館にたてこもり
するりと出てゆける

よりよい状況になる日を待っている
いささかの
かけたところのある体は
奇異な眼差しで見つめられることの
つらさで出てゆけないのだ
けれども
いつか
いつかと
胸の中に
　小さな希望の火を
　　もやしつづけている
　　　一尾の
　　　　うなぎである

待つ

私はいま暗いところにいて
どこからか光のさすのを待っている
私はいま未知数だから
明日という日を待っている
人に
待つという希望を与えた大いなるものよ
もし
この優しいことがなかったら
人は死んでしまう

いつか必ず
光はさすと思えるから
あるいは
あの芽生えがある
あの日がくると
ほのぼの思うこの希いがあるから
どんなに暗いところででも
生きていられる
そしていつか必ず本然の姿を
見つけて叫ぶのだ
出会いだ光だ
喜びだと

今日という木を

私は
平均年齢まで生きたとしても
あと十三年
　わずか十三年と思おうと
まだ十三年あるのかと思おうと
とにかく十三年
花は木が枯れるまで一年の周期で咲く
　私の花はなんだろう
　十三年の間に何回花を咲かせるか

さしあたっては
出版社へ送っている原稿が私の花である
花の詩集に
　蝶である読者は寄ってくるか
ああそして
　年々に花を咲かせる木のように
私も作品をおり重ねて
こころおきなく
今日という木を
生き抜きたい

塔和子第二文学碑—西予市明浜町田之浜・大崎鼻公園

＊

解説・年譜・後記

本質から湧く言葉で

塔和子の詩について

大岡　信

　塔和子さんの最新詩集『記憶の川で』に対して第二十九回高見順賞が贈られることになった時、私は選考委員の一人として、高見順文学振興会機関誌「樹木」に、いわゆる選評を他の四名の選考委員とともに書いた。その内容は次のようなものだった。一つの記録としてここに写しておきたい。

《塔和子さんの詩歴はすでに四十年近いだろう。『記憶の川で』は十五冊目の詩集だとご本人のあとがきにある。

　高見順賞は何らかの意味で鮮烈な新しさを体現している詩集に贈られるも

のという一種の通念があると思うが、それからすればこの詩集は、受賞詩集としては異色だということになるかもしれない。この詩集は、形式の上で人をあっといわせる斬新さはないし、特異な内容の詩集でもない。

第一、作者塔和子にとっては、「特異なもの」など、求める価値としては最も低いランクにあるだろう。

この詩集の作者は、自分の感受性のうち震える尖端を、内視鏡のように敏感に操りながら、自分の本質から湧き出てくる言葉をくり返し追求し、書きしるし続ける。生きている瞬間々々の貴重な「生」の実感、それを掌のうちにそっとくるみこみ、唯一の素材である言葉によって、それに確かな形と実質を与えること――そこに塔和子が詩を作る唯一の理由があろう。新しさを言うなら、これこそ現在の詩に求められる本質的な新しさというものだろう。

身のまわりの小さな生活空間以外にはほとんど出たこともないこの詩人の詩が、生きることの貴重さ、よろこび、その一期一会の感動を、より若い詩人たちの作よりもずっと正確に伝えてくることの「新しさ」。

新しさは作者の生物年齢の若さや、扱う素材（言語）、意匠にばかりあるのではない。本質的なものこそ常に新しい。八木重吉や高見順の詩がいつも新しいように。

塔和子さん、ご受賞おめでとう。》

私の文章の題は「自分の本質から湧く言葉で」だった。

このたび、川崎正明、河本睦子、長瀬春代、石塚明子という四人の塔和子の熱烈な読者が、自分たちの合議によって塔さんの最新詩集など二冊を除く十三冊の詩集から五十五編を選び、新詩集として刊行されることになり、私に一文を寄せるよう求められた。その詩集の原稿も読ませてもらった。バランスよく選ばれたいい詩集ができあがった。私は、「自分の本質から湧く言葉で」という右の小文に書いたことを読み直し、これに付け加えるべき言葉はほとんどないと思ったのである。付け加えるならば、それは塔和子の詩そのものを追加すること以外にはない。

今、私が何らかの意味で引用するであろう可能性のある詩の題名だけを中から抜いて書いておくとすれば――

「分身」「一匹の猫」「母」「新しい世界」「純潔」「ぬれているとき」「領土」「食べる」「暮色の中で」「自然のいとなみ」「苦悩」「貪婪な鬼」「マッチ」「蟬」「雲」「欲」「師」「生」「向こうから来るもの」「時間の外から」「人の匂い」「熱」「在る」「晩秋」「一瞬やつれ」。

これらの詩は、その中の何行かの詩句を引用するか、または一編丸ごと引くかすることになるだろう詩のかずかずである。たとえば最後の「一瞬やつれ」なら、一編丸ごと引くべき詩である、といった具合。

私はずいぶん以前になるが、塔和子第四詩集『第一日の孤独』の題箋を書いたことがある。塔さんの懇望によるものだった。まだそのころは墨書することにもあまり慣れてはいなかった上に、題名を横書きさせねばならなくて勝手が違い、ちょっと困った記憶がある。そのころ読んで知っていた塔さんの詩と、たとえば最新の詩集『記憶の川で』の詩との間に、大きな変化があるかと聞かれたなら、私は即座に「変化はない」と答えるだろう。塔さんが「自分の本質から湧く言葉で」書き続けてきた詩人であることを、これほど端的に示している事実はないと思う。「変化はない」のに、どの詩にも必ず命を刻みこんだ真剣さがあり、必ず何らかの読みどころがあり、どっきりさせられる生死の糾問者がここにいるという鮮烈な印象は変らない。「変化がない」ということはそういう意味であって、退屈などというものの正反対の位置に立っているのが塔和子の詩である。凡百の詩人には成しあたわぬことなのである。

（詩選集『いのちの詩《うた》』跋文再録）

＊本詩集と『いのちの詩《うた》』の収録詩は異なっています。

塔和子年譜

一九二九年（昭和四年）　当歳
八月三十一日　愛媛県東宇和郡（現・西予市）明浜町田之浜で八人兄弟の三番目（次女）として生まれる。

一九四三年（昭和十八年）　14歳
六月二十一日ハンセン病により、国立療養所大島青松園（香川県木田郡庵治町）に入園。

一九五一年（昭和二十六年）　22歳
九月二十七日同園の赤沢正美と結婚。

一九五二年（昭和二十七年）　23歳
特効薬プロミン投与によりハンセン病が完治。

一九五三年（昭和二十八年）　24歳
赤沢正美の指導で短歌を始める。名前を塔和子（ペンネーム）とする。

一九五八年（昭和三十三年）　29歳
この頃から短歌から詩の創作に転向。NHKラジオ番組「療養文芸」に投稿、選者・村野四郎の評価を受ける。

一九六〇年（昭和三十五年）　31歳
同人誌「黄薔薇」（主宰・永瀬清子）に入会。

一九六一年（昭和三十六年）　32歳
第1詩集『はだか木』を河本睦子の協力により、デジレ・デザイン・ルームより出版。

一九六四年（昭和三十九年）　35歳
園内のキリスト教霊交会で洗礼を受ける。

一九六九年（昭和四十四年）　40歳

第2詩集『分身』（私家版）出版。

一九七三年（昭和四十八年）　44歳

第3詩集『エバの裔』（燎原社）出版。H氏賞候補となる。

一九七六年（昭和五十一年）　47歳

第4詩集『第一日の孤独』（蝸牛社）出版。H氏賞候補となる。詩誌「戯」（主宰・扶川茂）の同人となる。

一九七八年（昭和五十三年）　49歳

第5詩集『聖なるものは木』（花神社）出版。H氏賞候補となる。

一九八〇年（昭和五十五年）　51歳

第6詩集『いちま人形』（花神社）出版。

一九八三年（昭和五十八年）　54歳

第7詩集『いのちの宴』（編集工房ノア）出版。

一九八六年（昭和六十一年）　57歳

第8詩集『愛の詩集』（海風社）出版。

一九八七年（昭和六十二年）　58歳

楽譜『めざめた薔薇』（作曲・柳川直則）を音楽之友社から発行。

一九八八年（昭和六十三年）　59歳

第9詩集『未知なる知者よ』（海風社）出版。

一九八九年（平成一年）　60歳

第10詩集『不明の花』（海風社）出版。

一九九〇年（平成二年）　61歳

楽譜『人の林で』（作曲・柳川直則）を音楽之友社から発行。

第11詩集『時間の外から』（編集工房ノア）出版。

一九九一年（平成三年）　62歳

楽譜『帽子のある風景』（作曲・柳川直則）を音楽之友社から発行。

一九九三年（平成五年）　64歳

第12詩集『日常』（日本基督教団出版局）出版。

一九九四年（平成六年）　65歳

詩画集『めざめた風景』（小島喜八郎画）を三元社から発行。

一九九五年（平成七年）　66歳

第13詩集『愛の詩』（編集工房ノア）出版。

一九九六年（平成八年）　67歳

第14詩集『見えてくる』（編集工房ノア）出版。

一九九八年（平成十年）　69歳

第15詩集『記憶の川で』（編集工房ノア）出版。

一九九九年（平成十一年）　70歳

『記憶の川で』により、第二十九回高見順賞（高見順文学振興会主催）を受賞。

詩選集『いのちの詩《うた》』（編集工房ノア）出版。

二〇〇〇年（平成十二年）　71歳

第16詩集『私の明日《あした》が』（編集工房ノア）出版。十一月二日　夫の赤沢正美逝去（享年81歳）。

二〇〇二年（平成十四年）　73歳

香川県より知事表彰「教育文化功労賞」受賞。

第17詩集『希望の火を』（編集工房ノア）出版。第18詩集『大地』（編集工房ノア）出版。

第44回香川県芸術祭「香川芸術フェスティバル２００２」で、「朗読と合唱で綴る塔和子の世界」が公演。

二〇〇三年（平成十五年）　74歳

第19詩集『今日という木を』（編集工房ノア）出版。ドキュメンタリー映画「風の舞―闇を拓く光の詩」完成（監督・宮崎信恵、詩の朗読・吉永小百合）。

二〇〇四年（平成十六年）　75歳

第62回「山陽新聞賞」（文化功労）を受賞。
『塔和子全詩集』（全三巻）第一巻（編集工房ノア）出版。
『ハンセン病文学全集』第七巻（皓星社）に、「はだか木」ほか九詩集から六十五篇が収録される。
十月二日、高松市内で第24回全国豊かな海づくり大会にご出席中の天皇・皇后両陛下と懇談。

二〇〇五年（平成十七年）　76歳
『塔和子全詩集』第二巻（編集工房ノア）出版。

二〇〇六年（平成十八年）　77歳
『塔和子全詩集』第三巻（編集工房ノア）出版、全三巻が完成。
『愛の詩集』『未知なる知者よ』『不明の花』の改装版が海風社より発行。

二〇〇七年（平成十九年）　78歳
四月にリニューアルされた「国立ハンセン病資料館」に、塔和子資料が常設展示される。
四月十五日「塔和子文学碑」が、故郷の西予市明浜町大早津・シーサイドサンパーク内に建立され、除幕式に出席、多数の市民に歓迎された。碑には「胸の泉に」が刻まれた。
詩選集『いのちと愛の詩集』（角川学芸出版）出版。

二〇〇八年（平成二十年）　79歳
四月二日「塔和子第二文学碑」が、故郷の西予市明浜町田之浜の大崎鼻公園内に建立され、除幕式に出席。碑に「ふるさと」の詩が刻まれた。

（川崎正明編）

収録詩集一覧

*

瘤　『はだか木』
証　『エバの裔』
真夏の昼　『エバの裔』
自然のいとなみ　『いちま人形』
雲　『いのちの宴』
在る　『日常』
無　『記憶の川で』

*

エバの裔　『エバの裔』
貪婪な鬼　『いちま人形』
苦悩　『いちま人形』
人の林で　『不明の花』
甲羅　『見えてくる』
弦楽器　『大地』

*

母　『分身』
領土　『第一日の孤独』
音　『不明の花』
力　『時間の外から』
青い炎のように　『記憶の川で』
触手　『記憶の川で』
大地　『大地』

*

木　『分身』
一匹の猫　『分身』
囲いの中で　『希望の火を』
嘔吐　『聖なるものは木』
病　『いのちの宴』
蟬　『いのちの宴』
鯛　『未知なる知者よ』
旅　『希望の火を』
生《なま》さを　『大地』

＊
孤独なる　『分身』
胸の泉に　『未知なる知者よ』
人の匂い　『時間の外から』
釣り糸　『記憶の川で』
＊
花　『愛の詩集』
白桃　『愛の詩集』
しずく　『愛の詩』
羽　『愛の詩』
この両極の　『愛の詩』
めざめた薔薇　『聖なるものは木』
五月　『記憶の川で』
＊
朝　『エバの畜』
かずならぬ日に　『第一日の孤独』
帽子のある風景　『時間の外から』
晩秋　『日常』
涙　『日常』
平和　『日常』
ふるさと　『今日という木を』
食べる　『聖なるものは木』
＊
柱　『はだか木』
師　『未知なる知者よ』
古木　『私の明日が』
さしまねく　『私の明日が』
一条の光を　『大地』
＊
泉　『分身』
蕾　『私の明日が』
希望よあなたに　『私の明日が』
餌　『希望の火を』
希望の火を　『希望の火を』
待つ　『見えてくる』
今日という木を　『今日という木を』

後記

私は、一九二九年（昭和四年）八月三十一日に愛媛県明浜町田之浜に生まれましたが、十三歳の時にハンセン病を発病し、ここ国立療養所大島青松園に入園して今日まで過ごさせて頂いております。

当時、大島青松園は隔離と保護の両面性を持つ国立の療養所でしたが、今は隔離の規律も融和されて無らい県運動などもなくなり、福祉的な面が見直されているように思います。そのため、とても穏やかで平和な島であります。

私は子供の時から本を傍に置くのが好きでしたが、本当に文学を志したのは二十四歳の時でした。当時、主人が短歌を作っていたので、短歌の本を借りて読んでいるうちに自分も短歌を作ってみたくなり、それを手始めに詩の道へ入りました。

その頃、NHKラジオに療養文芸という番組があり、毎月、川柳、俳句、短歌、詩、随筆と交互に放送され、詩の選者を村野四郎先生がなさっていました。私は最初短歌から詩の道へ入ったのですが、投稿しましたら思いがけなく入選し、その後もほとんど投稿するたびに入選し、だんだんと深みにはまりまして現在に至っております。

この度は初めての文庫本で、塔和子の会の皆さんのご厚意によって出版のお世話をしてくださいました。純粋なボランティア精神で編集や原稿収集などの面倒を見てくださるとのお言葉で、身に余る幸せと思っております。特に川崎正明先生、石塚明子さん、長瀬春代さん、平峯千春先生、宮崎信恵映画監督には全面的なご協力を賜り感謝に堪えません。

また、大岡信先生と吉永小百合さんには、暖かい励ましのお言葉をいただき心よりお礼申し上げます。この度の出版も編集工房ノアの涸沢純平さんのお世話になり感謝いたします。

この詩集は、ご協力頂いた方々のお望みくださっているように、より多くの方々に読まれますことを祈り、詩選集『希望よあなたに』出版の挨拶といたします。

二〇〇八年四月八日

華麗なる桜咲く日に記す

塔　和子

編者　川崎正明
　　　長瀬春代
　　　石塚明子

希望《きぼう》よあなたに——塔和子《とうかずこ》詩選集
二〇〇八年六月一〇日初版発行
二〇一五年八月一日三刷発行
著　者　塔　和子
発行者　涸沢純平
発行所　株式会社編集工房ノア
〒五三一—〇〇七一
大阪市北区中津三—一七—五
電話〇六（六三七三）三六四一
FAX〇六（六三七三）三六四二
振替〇〇九四〇—七—三〇六四五七
組版　株式会社四国写研
印刷製本　亜細亜印刷株式会社

ISBN978-4-89271-171-8
不良本はお取り替えいたします

編集工房ノア刊塔和子詩集一覧

		本体価格
『いのちの宴』	一九八三年	一五〇〇円（品切）
『時間の外から』	一九九〇年	一四五六円（品切）
『愛の詩』	一九九五年	一六五〇円（品切）
『見えてくる』	一九九六年	一六五〇円（品切）
『記憶の川で』第29回高見順賞	一九九八年	一七〇〇円
『いのちの詩《うた》』詩選集	一九九九年	一八〇〇円（品切）
『私の明日が』	二〇〇〇年	一七〇〇円
『希望の火を』	二〇〇二年	一七〇〇円
『大地』	二〇〇二年	一七〇〇円
『今日という木を』	二〇〇三年	一七〇〇円（品切）
『塔和子全詩集』第一巻	二〇〇四年	八〇〇〇円
『塔和子全詩集』第二巻	二〇〇五年	八〇〇〇円
『塔和子全詩集』第三巻	二〇〇六年	八〇〇〇円